DISCOURS

PRONONCÉS

DANS L'ACADÉMIE FRANÇOISE,

Le Jeudi XVI Février M. DCC. LXXV.

A LA RÉCEPTION

DE M. DE LAMOIGNON DE MALESHERBES.

A PARIS,

Chez DEMONVILLE, Imprimeur-Libraire de l'Académie Françoiſe, rue S. Severin, aux Armes de Dombes.

M. DCC. LXXV.

M. de Lamoignon de Malesherbes ayant été élu par Messieurs de l'Académie Françoise, à la place de M. Dupré de Saint-Maur, y vint prendre séance le Jeudi 16 Février 1775, & prononça le Discours qui suit.

MESSIEURS,

JE reçois en ce jour un honneur auquel je n'avois jamais osé prétendre.

Content d'admirer vos Ouvrages en silence, je m'estimois heureux d'être né dans le siècle qui les voit éclore, sans aspirer à être un jour couronné par vos suffrages.

Deux illuſtres Académies avoient déjà daigné m'admettre dans les places occupées par les Amateurs des Belles-Lettres & des Sciences. Il eſt donc auſſi parmi vous des lauriers deſtinés à ceux qui ne ſe ſont fait connoître que par leur amour pour les Lettres & leur vénération pour les grands Hommes qui les cultivent ; ou dois-je croire que vous mettez les ſentimens patriotiques au nombre des titres littéraires ?

J'ai eu le bonheur de parler au nom d'une Cour dont les vœux ont été reçus favorablement du Roi, & dont le zèle, je crois qu'il m'eſt permis de le dire, a été applaudi par la Nation.

Si ce ſont là les titres qui me font aſſeoir parmi vous, je m'en glorifie, MESSIEURS, encore plus que s'ils m'étoient perſonnels. J'en dois cependant faire hommage à ceux dont je ne fus jamais que l'organe, qui m'ont éclairé de leurs lumières, m'ont guidé par leurs exemples, ont fait paſſer dans mon ame les ſentimens dont ils ſont pénétrés.

Je n'aurai point, MESSIEURS, la témérité de traiter des queſtions littéraires devant les Juges ſuprêmes de la Littérature. Vos ſuffrages peuvent m'enorgueillir, mais ils ne doivent pas m'aveugler.

Je me permettrai ſeulement de conſidérer en Citoyen le rang que tiennent à préſent les Lettres entre les différens ordres de l'Etat, & je félicite l'Académie, je félicite mon ſiècle & ma Patrie, de ce qu'aujourd'hui tout ce qui mérite d'occuper & d'intéreſſer les hommes, eſt du reſſort de la Littérature.

Le Public porte une curioſité avide ſur les objets qui autrefois lui étoient le plus indifférens. Il s'eſt élevé un Tribunal indépendant de toutes les puiſſances, & que toutes les puiſſances reſpectent, qui apprécie tous les talens, qui prononce ſur tous les genres de mérite; & dans un ſiècle éclairé, dans un ſiècle où chaque Citoyen peut parler à la Nation entière par la voie de l'impreſſion, ceux qui ont le talent d'inſtruire les hommes, ou le don de les émouvoir, les Gens de Lettres en un mot, ſont au milieu du Public diſperſé, ce qu'étoient les Orateurs de Rome & d'Athènes au milieu du peuple aſſemblé.

Cette vérité que j'expoſe dans l'Aſſemblée des Gens de Lettres, a déja été préſentée à des Magiſtrats, & aucun n'a refuſé de reconnoître ce Tribunal du Public comme le Juge ſouverain de tous les Juges de la terre.

Si nous voulons remonter à l'origine de cette révolution qui s'eſt faite dans nos mœurs, nous trouverons qu'elle a ſuivi les progrès de la Littérature, qu'elle a commencé immédiatement après l'inſtitution des Académies.

Autrefois la plupart des Sciences étoient abſolument étrangères à ceux qui couroient la carrière de l'eſprit &

des talens. Plusieurs Arts, dont nous admirons aujourd'hui la profonde théorie, étoient relégués au nombre des professions viles, & méprisés par ceux mêmes qui se piquoient de Philosophie.

Les Poëtes & les Orateurs qui composèrent l'Académie naissante, ne s'exercèrent que sur les sujets que leur présentoit l'Histoire, ou sur ceux dont l'Antiquité leur offroit des modèles; & dans ces étroites limites, des entraves inconnues aux Anciens resserroient encore leur génie. Ils célébroient les grands Hommes, ils exaltoient les sentimens héroïques, mais aucun n'auroit osé consacrer ses talens à sa Patrie.

Corneille lui-même ne put déployer sa grande ame que quand il eut à peindre celle des Hommes célèbres de l'Antiquité. Ce n'est que sous ces noms respectés qu'il dicta ses immortels préceptes aux Rois, aux Guerriers, aux Citoyens de tous les ordres & de tous les âges.

Rendons cependant justice aux vues profondes de votre Fondateur. Quand ce Ministre, dont toutes les pensées étoient celles d'un Homme d'Etat, conçut le projet de créer en France un Corps littéraire, croyons qu'il avoit prévu jusqu'où s'étendroit un jour l'empire des Lettres chez la Nation qu'il avoit entrepris d'éclairer.

Ses vœux furent remplis, & bientôt les Lettres prirent un tel essor, que l'Académie ne put avoir d'autre Protecteur que le Roi lui-même. Cependant la foiblesse de Louis XIV expirant, la jeunesse de son Successeur, & les troubles du Royaume vous obligèrent de chercher encore un asile pendant les orages. Il vous fut offert par Seguier, non moins ami des Lettres que Richelieu. Vous lui déférâtes le même titre qu'à votre Fondateur. Il vous prêta un appui qui vous étoit encore nécessaire, & n'attenta jamais à votre liberté; ce qui n'est pas un éloge médiocre pour un Protecteur.

Après sa mort, le Roi prit en main l'administration de l'Académie, comme après Mazarin celle de tout son Royaume.

Louis, né avec un esprit juste & l'ame la plus ferme & la plus élevée, étoit fait pour porter au plus haut point les vertus auxquelles il seroit appelé par le génie de son siècle S'il eût vécu dans le temps des Valois, il n'eût peut-être été que Guerrier & Conquérant. S'il régnoit aujourd'hui, il ne seroit sans doute que Législateur & bienfaiteur de son peuple. Dans le moment où il fut placé sur le Trône, il mit le comble à la gloire des François par des victoires, & prépara leur bonheur par des Lois plus sages que celles qu'on avoit connues jusqu'alors, & par la protection qu'il accorda aux Lettres.

La brillante Littérature, appelée en France avec les Beaux-Arts du temps de François Ier, parvint sous Louis XIV à ce degré de ſplendeur après lequel elle ne fait ſouvent que décroître ; & les Sciences de raiſonnement, dont la marche eſt plus lente, mais qui n'ont jamais de mouvement rétrograde, arrivèrent auſſi à la voix de ce Roi, & furent poſées par lui ſur la plus ſolide de toutes les baſes, ſur des établiſſemens dirigés par Colbert.

Ce fut ſous ce règne que diſparut tout-à-fait le préjugé barbare qui avoit condamné nos Ancêtres à l'ignorance. Le nom & l'objet de chaque Science furent connus, & les Savans de toutes les claſſes obtinrent la conſidération qui leur eſt due.

Il parut un Sage qui parloit également la Langue de tous les Savans, & celle des gens du monde, & qui avoit le don de répandre la lumière & l'agrément ſur les ſujets les plus obſcurs & les plus ingrats : c'étoit le neveu des Corneilles. Ce fut lui qui ſervit d'interprète entre tous les hommes de ſon ſiècle ; & c'eſt depuis cette époque qu'il n'exiſte plus de barrière entre la ſcience & les talens, & que l'art d'écrire eſt preſque inſéparable de l'art de penſer.

Aujourd'hui les ſecrets de tous les Arts ſont dévoilés, ou vont l'être. On a trouvé ce qu'on auroit cherché inutilement dans les ſiècles paſſés, des Artiſtes capables de les décrire, & des Lecteurs capables de les entendre.

L'étude de la Nature n'eſt plus une froide contemplation. Elle remue l'ame par des reſſorts auſſi puiſſans que ceux

ceux de l'Epopée. Le Pline françois a ſu par la ſeule magie du ſtyle, & ſans le ſecours de la fiction, prêter aux brutes ſon éloquence, & nous intéreſſer par les êtres inanimés.

La Géométrie elle-même eſt juſtifiée du reproche d'aridité qu'on lui a fait pendant tant de ſiècles. Les oracles de cette ſcience ſont encore proférés dans une Langue myſtérieuſe; mais les Prêtres de ce Temple ne ſe tiennent plus éloignés des autres hommes. Celui qui inſtruiſit les Savans par de lumineuſes théories, ſait auſſi obtenir du Public les applaudiſſemens dus à l'Homme de génie. Le profond Mathématicien devient le rival de Tacite. Que dis-je? Il s'élève au ſommet de toutes les Sciences, & c'eſt lui qui en a tracé le tableau général & tous les rapports. Il marche parmi vous, MESSIEURS, le front ceint d'un laurier inconnu à Newton lui-même.

Enfin, la Littérature & la Philoſophie ſemblent avoir repris le droit qu'elles avoient dans l'ancienne Grèce, de donner des Légiſlateurs aux Nations.

Nous n'avons plus, à la vérité, la Tribune des Démoſthènes & des Cicerons. Les Souverains & les Républiques n'appelent point encore les Philoſophes ſur la foi de leur renommée, pour leur dicter des lois. Cependant une voix s'eſt élevée, & c'eſt au milieu de vous, MESSIEURS, c'eſt du ſein de cette Académie. Monteſquieu a parlé, & les Nations ont accouru pour l'entendre. Il eut des Disciples passionnés; il fit naître de puissantes contradictions. Quelque jugement qu'en porte la postérité, il est toujours certain qu'aujourd'hui les Philosophes regardent la Législation comme un champ ouvert à leurs spéculations, & que les Jurisconsultes cherchent à porter dans leurs travaux le flambeau de la Philosophie.

Osons dire même qu'un heureux enthousiasme s'est emparé de tous les esprits, & que le temps est venu où tout homme capable de penser, & sur-tout d'écrire, se croit obligé de diriger ses méditations vers le bien public.

L'Histoire, destinée à être l'école des Rois & des Grands, s'étoit presque entièrement bornée, depuis plusieurs siècles, à des récits de combats. Aujourd'hui on y démontre aux ambitieux l'inutilité de leurs rivalités & de leurs guerres; on leur prouve que la cruauté est aussi une absurdité; & j'ose prédire, MESSIEURS, qu'à l'avenir, nul de vous ne rappelera le souvenir des temps d'héroïsme & de barbarie, sans détester ce qui a fait l'admiration de nos Ancêtres.

Ce sont à présent les Sages de toutes les Nations qui se sont chargés d'approfondir les principes de toutes les Sociétés, & de nous faire connoître les hommes de tous les siècles.

Déjà le progrès des mœurs, depuis Charlemagne jusqu'à

nos jours, a été présenté dans des tableaux faits pour intéresser les Lecteurs de tout âge, de tout sexe, de toute condition. Déjà les différentes constitutions des Empires qui nous environnent ont été développées. Nous connoissons la suite des événemens qui les ont formées, & l'influence qu'elles ont eue sur le sort des Peuples.

Je vois un Philosophe, un Littérateur, qui rempliroit plus dignement que moi la place dont vous m'avez honoré; je le vois renoncer aux succès flatteurs qu'il obtint plus d'une fois dans le commerce des Muses, pour se livrer à de pénibles recherches sur les causes du bonheur des hommes; je le vois, après s'être distingué dans la guerre, annoncer aux Souverains la nécessité de la paix, digne de plusieurs Ancêtres, que l'Histoire nomme parmi nos plus célèbres Guerriers, digne aussi de ce savant, cet éloquent, ce vertueux Magistrat, qu'aucun Citoyen ne peut entendre nommer, sans rendre à sa mémoire un tribut de tendresse & de vénération, & qui auroit reconnu son petit-fils dans l'auteur de la félicité publique.

L'Académicien à qui je succède, né dans la Magistrature, avoit été entraîné vers les Lettres par un goût invincible. L'essai de ses talens avoit été d'enrichir notre Littérature du chef-d'œuvre de la Nation notre rivale. C'est avec ce titre brillant qu'il avoit été reçu dans cette Académie. Sa maison devint même un licée où se réunissoient la science, l'esprit & la décence, où ce grand Montesquieu dissertoit avec le Naturaliste Réaumur, où toutes les Sciences se communiquoient à l'envi leurs secrets.

C'est-là, c'est au milieu de ces entretiens intéressans que ce vertueux Citoyen conçut & exécuta le projet de se dévouer entièrement à de laborieuses & effrayantes compilations sur la valeur des monnoies, sur le prix des denrées : travaux fastidieux pour le Traducteur de Milton, mais dignes de l'ami de Montesquieu, puisqu'ils sont utiles à l'Humanité.

Le Public en a vu des essais, qu'il a dû prendre pour des Ouvrages complets. Cependant d'autres Ouvrages bien plus étendus ont été trouvés après sa mort, & le Public n'en sera point privé. Le temps n'est plus, où une politique jalouse faisoit ensevelir de pareils trésors dans des archives secrètes, où ils étoient bientôt oubliés. Ces précieux Manuscrits ont été remis à un Ministre, dont les opérations ne sont enveloppées d'aucun voile, qui pense que son cœur doit être ouvert à tous les Citoyens, parce que leur bonheur doit être l'unique objet de ses travaux, & qui trouvera toujours dans l'estime & l'amitié des Gens de Lettres, le digne prix de tout le bien qu'il veut faire aux hommes.

C'est ainsi que sous l'empire des Lettres, chaque Citoyen travaille pour l'Etat, & l'Homme d'Etat s'éclaire des lumières de tous ses Concitoyens. C'est ainsi que les différentes professions, les différens caractères, les différens talens sont entraînés par une pente commune vers un objet unique, & cet objet est le bonheur des hommes.

Songeons enfin que le plus beau Génie de notre siècle auroit cru sa gloire imparfaite, s'il n'eût employé à secourir les malheureux l'ascendant qu'il a pris sur le Public. Je sais que ce n'est point à moi à louer les talens de cet homme universel, en présence du Public, accoutumé à lui prodiguer ses acclamations, & devant vous, MESSIEURS, à qui seuls il appartient de décerner les palmes du génie; mais il m'est permis de remercier, au nom de l'Humanité, le généreux Défenseur de plusieurs familles infortunées; celui qui, du fond de sa retraite, fait mettre les innocens sous la protection de la Nation entière; & je dois observer, à l'honneur de mon siècle, que les Poëtes immortels qui ont illustré la Cour d'Auguste & celle de Louis XIV, n'ont pas eu cette gloire de joindre aux titres littéraires le titre sacré de Protecteur des opprimés.

Il est donc temps de rendre un juste hommage à ce siècle dans lequel nous avons vécu, & au règne qui vient de finir.

Louis XV aima plusieurs Sciences. On le vit souvent admettre dans sa familiarité l'Astronome, le Géographe, le Mécanicien, le Naturaliste, & il s'intéressoit à leurs travaux. Il faut cependant avouer que ce ne furent point ses goûts perſonnels qui hâterent les progrès des Sciences favoriſées.

Mais ſous ſon règne, les Savans de tous les genres furent protégés, parce qu'il ſavoit que cette protection leur étoit due, parce qu'un ſentiment naturel le portoit à honorer le mérite, & toujours ſans le faſte de protection, ſans aucun retour vers ſa propre gloire, ſans vouloir diriger des travaux qu'un Souverain ne doit qu'encourager, ſans prétendre dicter des lois impérieuſes au génie; & c'eſt ſous cette douce & tranquille adminiſtration que les Sciences, livrées à elles-mêmes, ont fait des progrès ſupérieurs à ceux des autres ſiècles; que la raiſon humaine s'eſt perfectionnée; enfin que l'humanité a ſemblé renaître dans tous les cœurs, & en chaſſer les reſtes de la barbarie; l'humanité qui exiſte en nous avant la ſcience, & même avant la ſageſſe; l'humanité qui n'eſt point un préſent de la Philoſophie, mais qui fut ſouvent étouffée par des préjugés, enfans de l'ignorance, par une paſſion excluſive & inſenſée pour la ſeule gloire des armes, par des haines aveugles de Parti, de Nation, de Religion, & qui reprend aiſément ſon empire dans l'inſtant heureux où le retour de la raiſon ramène la morale à ſes vrais principes, & où le charme des Lettres fait revivre les vrais ſentimens de la nature.

Heureux le Monarque deſtiné à donner des loïs à une Nation chez qui tous les préjugés contraires au bonheur des hommes commencent à s'évanouir, & dans le moment où le patriotisme & la bienfaisance sont les vertus que le Public aime à encenser !

Vous, MONSIEUR, qui avez le bonheur d'approcher du Roi, & la gloire d'avoir contribué à son éducation, vous nous avez annoncé que sa grande ame s'indigne de la louange, dès qu'elle approche de la flatterie. C'est nous dire assez que toute louange nous est défendue ; car les éloges donnés à un Roi, sont toujours voisins de l'adulation.

La postérité seule peut louer dignement les Rois, puisqu'elle seule a le droit de les juger ; mais l'amour des Peuples a une autre expression à laquelle ils ne sauroient se méprendre, & qui est la récompense de leurs bienfaits.

Osons donc substituer à ces éloges, qu'un long usage sembloit avoir consacrés, la naïve & sincère expression des sentimens des Gens de Lettres. Plus le Roi se refuse aux louanges, plus il nous inspire la confiance de lui adresser nos vœux, & de lui montrer nos espérances ; car une ame inaccessible à la flatterie est toujours ouverte à la vérité.

Le Roi protégera les Lettres. Il le doit à sa gloire ; il le doit au Public, à qui la Littérature devient tous les jours plus chère, & dont les vœux unanimes déterminent toujours la volonté des bons Rois.

Espérons qu'il sera érigé sous son règne de grands monumens, qu'il sera fait des établissemens utiles aux Sciences, qu'on exécutera de ces grandes entreprises qui doivent être faites par les Souverains, parce qu'elles ne peuvent l'être que par eux.

Il est vrai qu'on ne voit point parmi vous un Ministre puissant qui vienne se reposer de ses travaux dans le sanctuaire des Muses, & faire réfléchir sur elles les rayons de sa gloire; mais il existe un Génie invisible, qui, prêtant à la jeunesse du Roi les secours de l'expérience, lui fera connoître toutes les ressources de la Nation qu'il a le bonheur de gouverner, & on reconnoîtra sans peine la main qui rassembla dans de vastes édifices toutes les productions de la Nature; & dans d'autres, le dépôt immense des connoissances humaines, qui dirigea les voyages des Savans dans toutes les parties de l'Univers, soit pour recueillir les précieux restes de l'Antiquité, soit pour rapporter cette mesure de la terre, que la France a la gloire d'avoir donnée aux autres Nations.

Mais ces bienfaits éclatans ne sont pas les seuls que les Lettres doivent attendre dans le dix-huitième siècle.

Quand on sortoit de la barbarie, c'étoit aux Princes à faire de grands efforts pour introduire la Littérature dans leur Patrie; mais chez une Nation déjà instruite, & par qui la science & les talens sont révérés, le plus précieux de tous les biens pour les Gens de Lettres, est la liberté de donner l'essor à leur génie. La gloire, seul but de leurs travaux, peut seule

seule en être le digne salaire, ou si les faveurs des Souverains leur sont encore nécessaires, si la profession des Lettres exige ce loisir qu'un dieu avoit procuré à Virgile, que la carrière soit ouverte; & ceux qui seront nommés vainqueurs par le suffrage des Peuples, recevront les prix de la main des Souverains.

Non, MESSIEURS, vous ne demanderez point au Maître d'un grand Empire de se distraire des soins les plus importans pour se livrer lui-même à vos Sciences & à vos Arts, & s'en constituer le juge. Vous ne lui direz point, comme dans les siècles d'adulation, que son goût, toujours sûr, doit inspirer tous les Artistes, que ses connoissances personnelles doivent guider les recherches de tous les Savans, que ce sont ses suffrages qui doivent entraîner ceux du Public.

Disons plutôt à tous les Rois ce que l'Antiquité disoit à Rome, maîtresse du monde; que d'autres fassent respirer le marbre & l'airain; que d'autres décrivent les mouvemens des astres; vous, Rois, n'oubliez jamais que votre emploi est de régir les Peuples.

Oui sans doute, protégez les Lettres : mais ce n'est point la protection d'un Savant ni celle d'un Artiste qu'elles vous demandent; c'est celle d'un Roi qui honore les Sciences, parce qu'elles feront la gloire de son règne, & qu'il leur a déjà l'obligation d'avoir trouvé une Nation disposée à seconder ses vues, & à sentir tout le prix de ses soins paternels, qui, dans la dispensation de ses bienfaits, ne suit point les mouvemens toujours trompeurs d'une affection personnelle, & ne considère dans les Savans que le mérite, les talens & les travaux, sûr de ne jamais se tromper dans ses jugemens, parce qu'il ne juge que d'après le témoignage infaillible d'une Nation éclairée.

Réponse de M. l'Abbé DE RADONVILLIERS, *Directeur de l'Académie Françoise, au Discours de M.* DE LAMOIGNON DE MALESHERBES.

MONSIEUR,

EN vain, pour vous dérober aux regards, vous avez passé sous silence une révolution dans laquelle vous étiez personnellement intéressé. En vain, pour entrer dans vos vues, j'userai de la même réserve. Ces ménagemens sont inutiles. Votre présence rappele ce que votre modestie veut faire oublier; & le Tribunal du Public, qui s'est depuis long-temps déclaré en votre faveur, vient de confirmer ses arrêts par de nouveaux applaudissemens.

Par quels moyens peut-on parvenir à un degré de considération si honorable & si flatteur? Est-ce en déployant un caractère ferme, soutenu, toujours le même dans les diverses fortunes? Est-ce en cachant sous des manières unies, sous des mœurs simples, l'étendue des connoissances & l'élévation des ſentimens ? Eſt-ce enfin en gagnant tous les ſuffrages par des diſcours publics, dont le ſtyle noble & nerveux répond à la dignité de l'Orateur & à l'importance des matières ? Chacun de ces moyens attire l'eſtime ; mais quand ils ſont réunis ils donnent la célébrité.

L'éloquence excite en particulier l'attention de cette Compagnie. Lorſque vous cultiviez par l'étude vos diſpoſitions naturelles, vous ne penſiez qu'à remplir avec honneur les places où votre naiſſance vous appeloit ; mais l'Académie, témoin de vos ſuccès, a dû ſonger à ſa gloire. Elle eſt intéreſſée à adopter les talens goûtés du Public : & le Public, ſur-tout dans ce moment, nous indiquoit les vôtres. Il n'a pas tenu à nos Prédéceſſeurs que vous ne trouvaſſiez un de vos Ancêtres inſcrit dans nos faſtes. Vous dédommagez l'Académie, MONSIEUR, de ſes regrets paſſés, en lui rendant le même nom auquel vous avez ajouté un nouveau luſtre. Ce nom vous doit la diſtinction flatteuſe d'être placé en même temps dans toutes les Académies : honneur rare, mais juſtement accordé au nombre & à la variété de vos connoiſſances.

Je ne ſais pourtant ſi l'amour des Sciences & des Lettres devroit vous être compté pour un mérite perſonnel. Il eſt ancien dans votre Maiſon, & vous l'avez recueilli dans la ſucceſſion de vos pères. Votre illuſtre biſaïeul, dont la mémoire vivra éternellement au Barreau, l'oracle des Lois

& le modèle des mœurs, fut auſſi le Protecteur des Savans; &, ce qui honore davantage les Savans & le Protecteur, il fut leur ami. Lorſque laſſé du bruit du Palais, il cherchoit le repos dans le ſilence des campagnes, lorſqu'il alloit y rétablir le calme de ſon ame, troublée par les paſſions d'autrui, les hommes les plus fameux de ſon temps le ſuivoient dans ſa retraite, & leur entretien faiſoit le charme le plus doux de ſon loiſir. Aux heures de ſes délaſſemens il diſcutoit avec eux, tantôt les ſublimes queſtions de la Philoſophie, tantôt les règles délicates du bon goût. Ariſte, c'eſt le nom que les Muſes Françoiſes lui ont donné, Ariſte, à la tête d'un Sénat littéraire, tenoit la balance, & peſoit d'une main ſûre les différentes opinions, comme il avoit peſé dans le Sanctuaire de la Juſtice les intérêts oppoſés. Un mot échappé au haſard dans ces ſavans entretiens, a donné naiſſance à des Ouvrages dignes de la poſtérité. Telle eſt l'origine du Lutrin, Poëme charmant, chef-d'œuvre d'une Muſe badine, qui, en ſe jouant pour amuſer ſon Protecteur, a élevé un monument éternel à ſes vertus.

M. Dupré de Saint-Maur, auquel vous ſuccédez, MONSIEUR, ſut auſſi concilier l'amour des Lettres, avec les devoirs de la Magiſtrature & les agrémens de la Société. Son goût le porta d'abord vers les Langues étrangeres; mais il ne ſe borna pas à l'Italien ou à l'Eſpagnol, les ſeules Langues modernes qui euſſent attiré juſqu'alors l'attention des Gens de Lettres. Il voulut aller à la découverte d'un Pays nouveau, & il en rapporta les richeſſes qu'il eſpéroit y trouver, le ſavoir & la gloire. La traduction du Paradis perdu eut le ſuccès le plus éclatant; elle contribua à éveiller notre curioſité, d'où naquit bientôt, dirai-je le goût, ou la paſſion pour les productions Angloiſes. Ailleurs, on pourroit examiner ſi le commerce d'eſprit avec nos voiſins nous a été avantageux à tous égards; ici, où il ne s'agit que de Littérature, ne puis-je pas avancer qu'on a gagné de part & d'autre aux échanges réciproques? Si nous avons trouvé dans les Auteurs Anglois les penſées fortes, les idées approfondies; les Anglois ont trouvé dans nos Auteurs la méthode & l'aménité.

D'un ouvrage d'agrément, M. Dupré de Saint-Maur paſſa à des études sèches & arides, qui ont occupé le reſte de ſa vie. Il avoit entrepris de fixer la valeur des monnoies par le prix des denrées, en remontant juſqu'aux époques de notre Monarchie, les plus reculées & les plus obſcures. De vieux comptes rendus depuis pluſieurs ſiècles, étoient dans ſon plan des monumens précieux; il les recherchoit avec ſoin, il les revoyoit avec ſcrupule: & dans cet examen l'œil du curieux fut quelquefois plus clairvoyant que ne l'avoit été l'œil du Maître. Quel motif dans un travail ſi ingrat, a pu ſoutenir ſon courage juſqu'au bout de ſa longue carrière? Le désir d'être utile, ou, pour le dire en termes généraux, le sentiment de la bienfaisance. A ce nom il semble que l'enthousiasme saisisse aujourd'hui tous les Ecrivains. Jamais vertu ne fut tant vantée. Puisse la pratique en être aussi commune que les éloges! Et sur-tout puisse-t-elle être appuyée dans tous les écrits & dans tous les cœurs sur l'unique base qui peut la rendre inébranlable.

Au reste, pour inspirer le goût de la bienfaisance, les exemples seront toujours plus éloquens que les discours. Il n'est pas besoin d'en chercher loin de nous, tandis que nous avons devant les yeux notre Auguste Protecteur. Je ne parle point des preuves journalières d'un cœur humain & compatissant; je ne parle point des traits souvent répétés d'une bonté noble & généreuse. Les dons, les graces, les largesses, font le bonheur d'un petit nombre d'hommes; les bienfaits d'un Roi doivent rendre heureux un Peuple entier. La libéralité est la bienfaisance des Particuliers. La bienfaisance des Rois, c'est le soin de l'Etat. Un Prince de vingt ans, appelle un Sage auprès de lui, pour donner à sa jeunesse l'appui de l'expérience; dans le choix de ses Ministres, il ferme l'oreille aux vœux de l'ambition, pour n'écouter que l'intérêt public; dans un âge ennemi de la contrainte, il refuse au plaisir toutes les heures demandées par le devoir, quoique le devoir demande presque les jours entiers; voilà le Roi bienfaisant! Combien d'autres traits je pourrois citer ! Mais j'en ai dit aſſez, peut-être même j'en ai trop dit pour lui plaire; cependant la bienfaiſance dans le Roi, la reconnoiſſance dans les Sujets, ſont des vertus qu'il eſt permis de publier.

www.ingramcontent.com/pod-product-compliance
Ingram Content Group UK Ltd.
Pitfield, Milton Keynes, MK11 3LW, UK
UKHW020449220726
13923UKWH00005B/2428

9 782014 456448